席洛一定做得到

汪淑玲◎文　CT◎圖

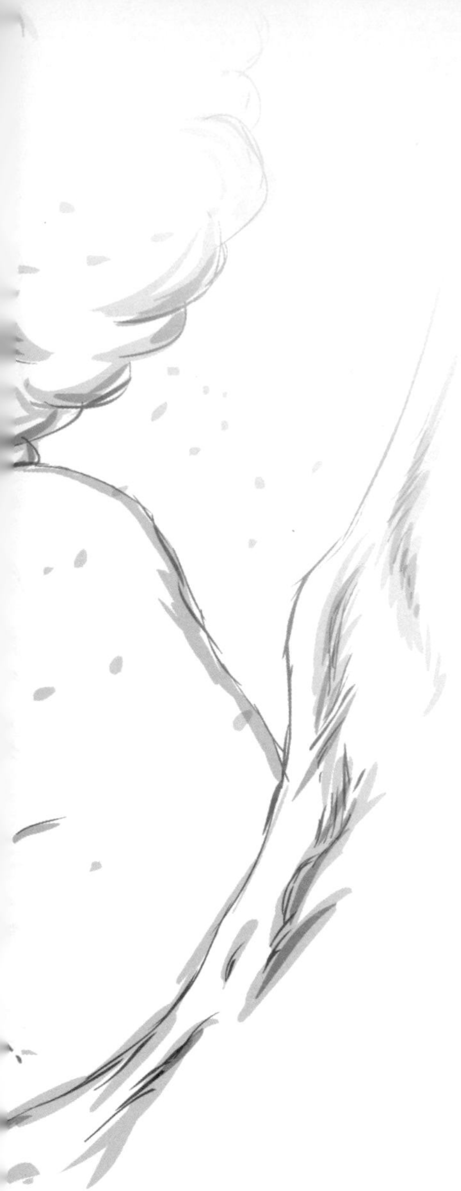

冰封的北極，放眼望去盡是白茫茫的一片，沒有奼紫嫣紅的花，沒有翠綠挺拔的樹，甚至連鬆軟泥濘的黃土都看不見。難道在這片白色的北極裡，所有的生命都消失了嗎？

咦？遠處出現了三個隱隱約約的黑點，那是什麼？

那個最小的黑點是席洛的鼻子！席洛是一歲多的小北極熊，正跟在媽媽和姊姊的後面。

他們慢慢的靠近一個不起眼的小洞，只有經驗老到的北極熊才能看出，這個小洞裡躲著肥滋滋的小海豹。

這一大兩小的北極熊彷彿三堆白色的雪，他們全神貫注，一動也不動的緊盯著小洞。儘管已經過了好幾個小時，但是他們仍以驚人的耐心和耐力等待著，只要海豹稍一露頭，北極熊媽媽便能立刻用利爪把海豹捉住，一頓香噴噴的大餐似乎就要上桌了……

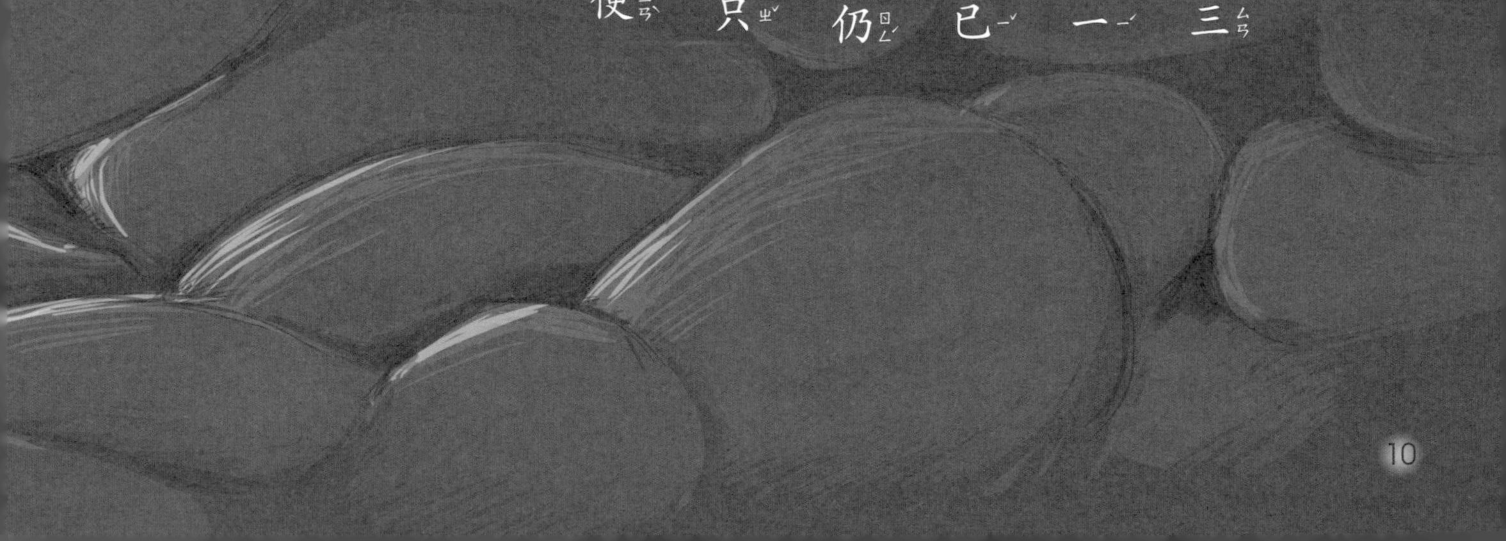

「哈秋！」席洛的噴嚏來的真不是時候！現在，聽到聲音的海豹一定早就躲得無影無蹤了。姊姊轉頭瞪了席洛一眼，氣呼呼的走到一旁。媽媽沒有責怪席洛，只是苦笑的拍拍席洛的頭說：「下次記得用手掌將鼻子摀住，以免氣味和呼吸聲把海豹嚇跑了。」

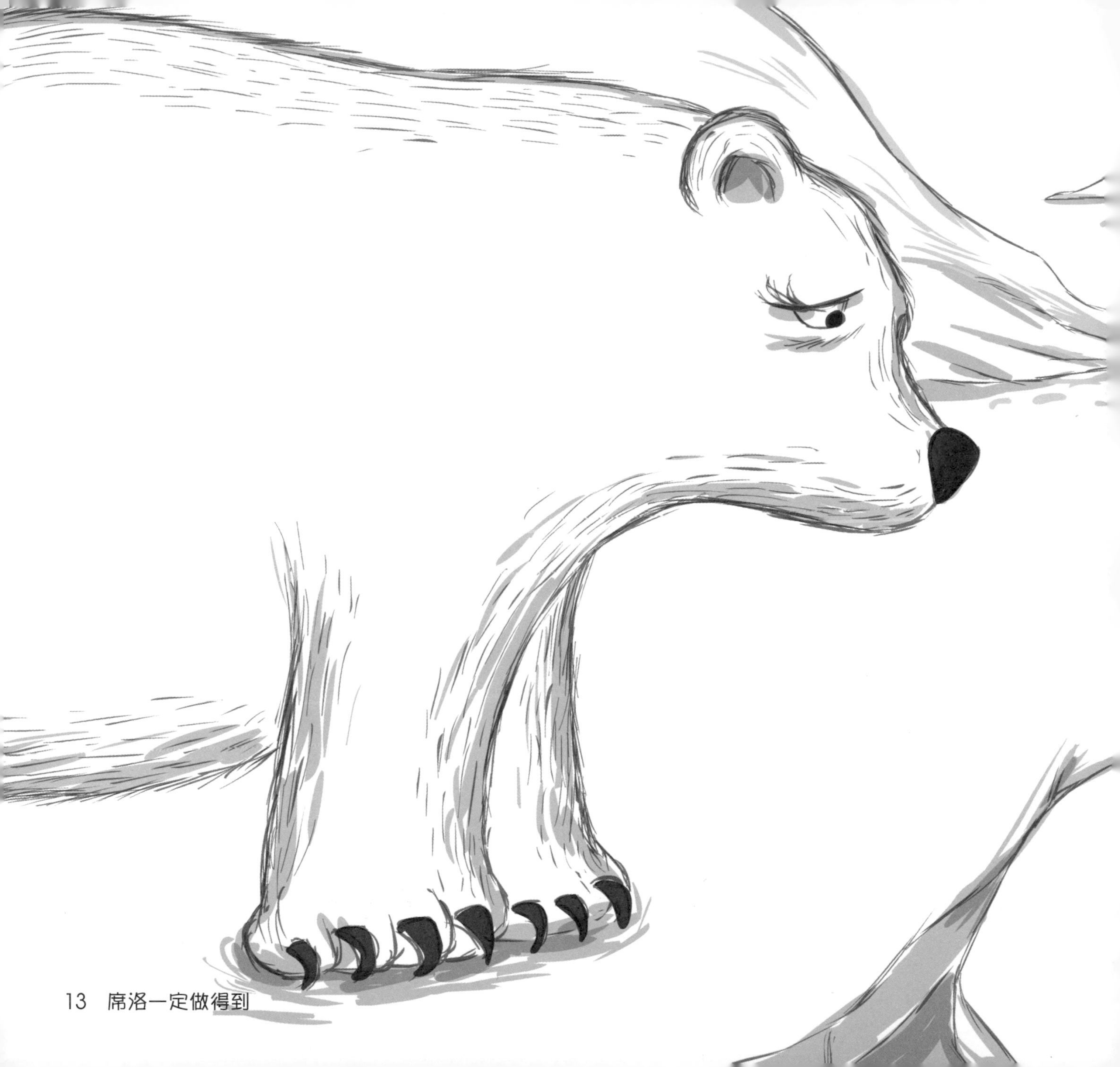

「嗯！」除了這一聲輕輕的回答之外，飢餓的席洛已經說不出任何的話了。長久的等待，卻功虧一簣的挫折感，就像一根又粗又硬的棍子，重重的打擊了他的信心。

「唉！看來今天得挨餓了！」

席洛趴在冰冷的雪地上，閉起了眼睛。恍恍惚惚中，似乎夢到了幼年的快樂時光。

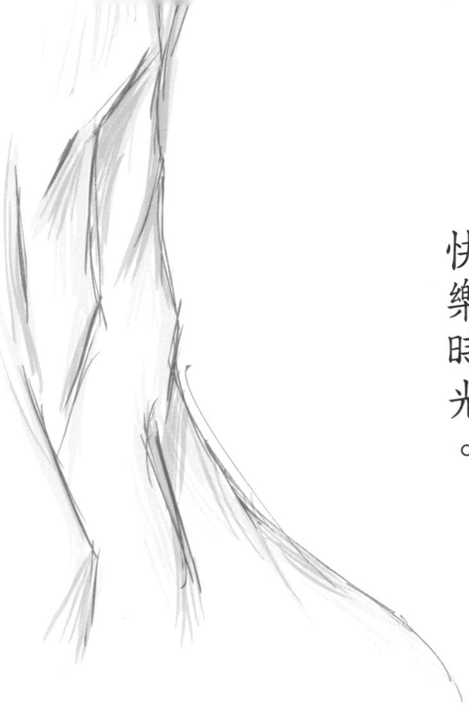

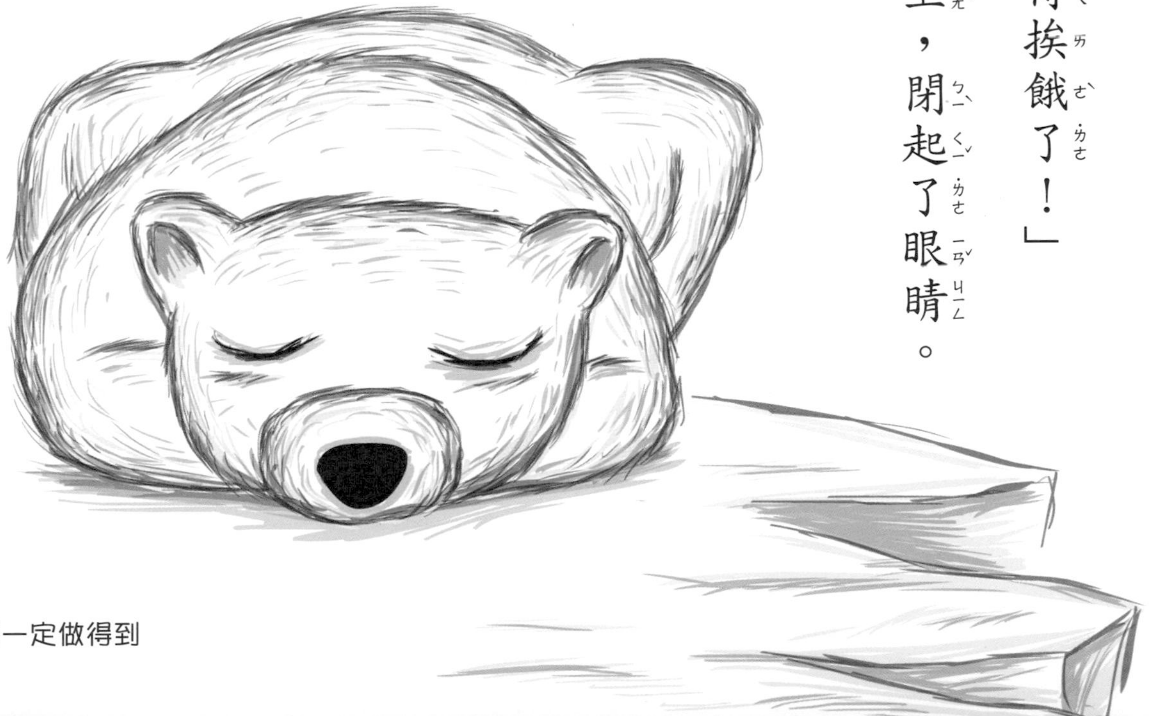

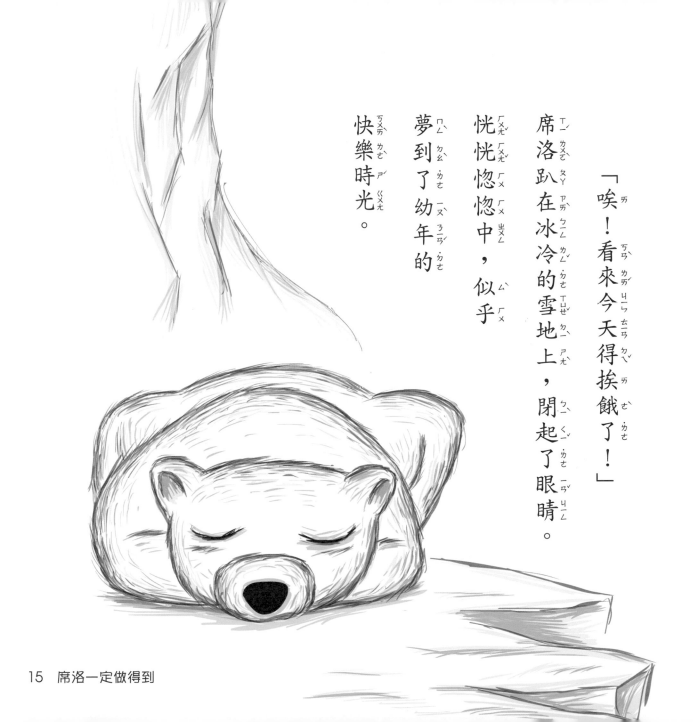

那時，他最喜歡和姊姊在冰雪覆蓋的大地上玩耍，興起時，便爬到更高的斜坡上往下滑，一連玩上好幾個小時也不覺得累，肚子餓了，只要躲到媽媽的懷裡，就能喝到暖呼呼的母奶。

「但是，這樣無憂無慮的日子再也回不來了。」席洛的心中十分明白。他轉個身，提醒自己：「別再做夢了！」

「是什麼味道？」一股香味竄入席洛的鼻腔，「該不會

又是做夢吧！」經過一夜的休息，席洛稍稍恢復了體力，他睜開眼睛，「哇！SURPRISE！一早就有鱖魚、鳥蛋和海草可吃，真好！」

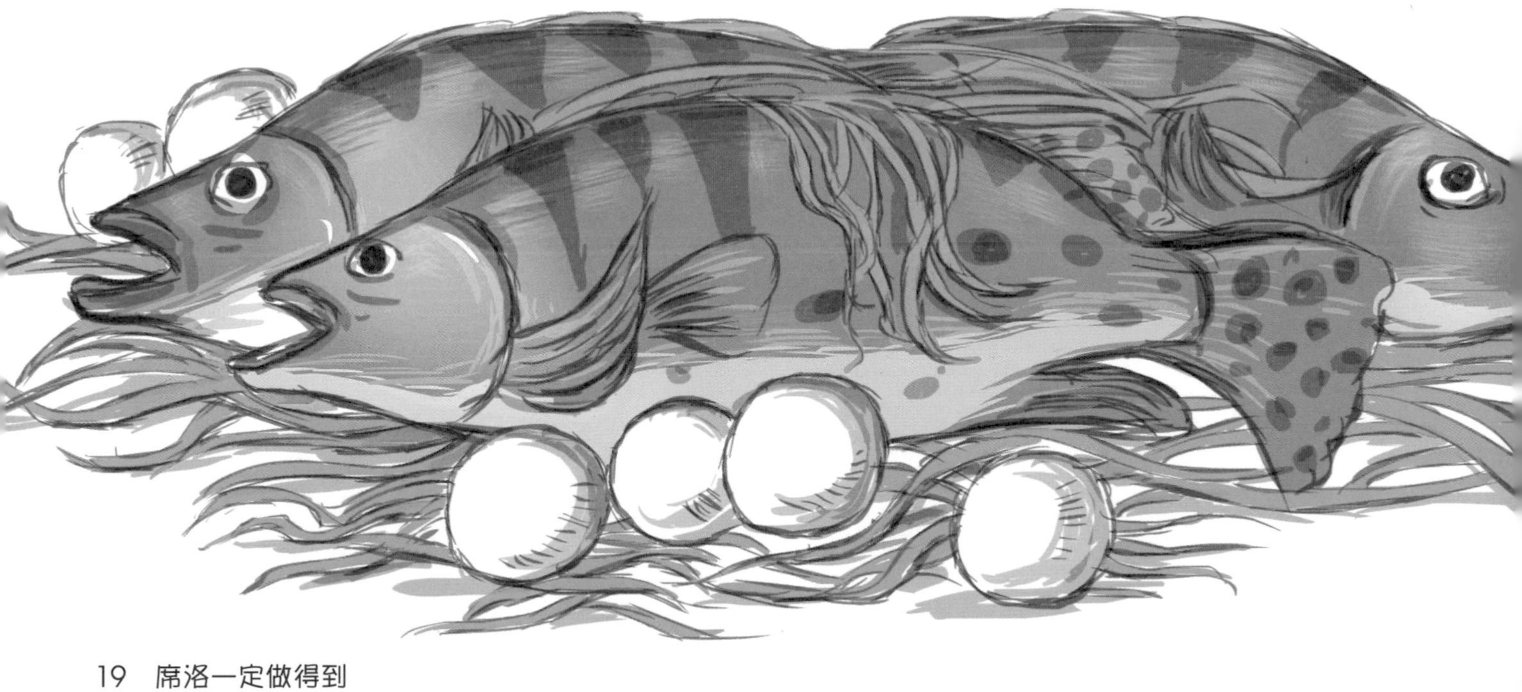

「雖然比起小海豹，這早餐不算豐盛，但他們可是媽媽辛苦張羅來的，你先填一下肚子，等一下才有力氣和我們一起出去找食物，不過，這一次千萬不要再幫倒忙了……」

「好！」不等姊姊說完，席洛唏哩呼嚕的將這些東西統統塞進嘴吧裡，一抬頭，才想到忘了留一些食物給姊姊和媽媽。他不好意思的低下頭，想說一句對不起，但是話到嘴邊，卻怎麼樣也說不出口。

「走吧！你傻呼呼的做什麼！」姊姊推了推席洛。

眼前所見還是一片白茫茫的大地。「怎麼辦？這裡除了冰之外，什麼也沒有，更別說海豹的蹤影了。」席洛喪氣的自言自語。

「別擔心，」走在前面的姊姊轉頭安慰席洛說：「我們北極熊的視覺並不敏銳，加上海豹總是躲在冰面底下，所以看不到他們是很正常的。不過，別忘了，我們的嗅覺可是非常靈光的。」

「噓！別說話，我好像聞到了海豹的味道。」媽媽停下了腳步，席洛和姊姊也立刻模仿媽媽舉高了鼻子，認真的聞著。

果然，前方的浮冰上躺了幾隻海豹。媽媽往前走了幾步，席洛想跟，但姊姊將他拉了回來。

「怎麼了？」席洛疑惑的看著姊姊。

「你別靠過去，要不然萬一你又打噴嚏，我們的大餐就會泡湯了。」

「也對！既然我只會幫倒忙，不如就乖乖的在這裡等，只要媽媽抓回幾隻海豹，我就能大飽口福了！」席洛決定留在原地不動。

但是，在這片酷寒的大地上，生存終究是一件嚴苛的事。媽媽走了兩步，一個踉蹌，竟然跌坐在地上！

「媽！」席洛和姊姊驚呼了一聲，立刻跑到媽媽身邊，不知該怎麼辦的席洛只是不斷重複的問著：「媽媽，你怎麼了？」

「別擔心，我沒受傷，只是……」媽媽努力的想站起來，但是虛弱的身體卻完全不聽她的使喚。

「一定是你這幾天都沒有

吃東西，所以現在一點力氣都沒有。」姊姊緊緊的靠著媽媽，希望用自己的體溫，為媽媽取暖。

「都是我不好，我太貪吃了。」席洛想起了今天的早餐，如果他當時沒有把食物吃光光，媽媽和姊姊就不會餓肚子。

「席洛，現在不是難過的時候，我們要盡快找到食物給媽媽吃。」姊姊站了起來，看著前方的浮冰。

席洛順著姊姊的眼神，看著一塊塊的浮冰和浮冰上幾頭美味可口的海豹，他多麼想衝過去，抓一頭海豹來大快朵頤一番，但是，可能嗎？

「席洛，我教過你游泳，你一定還記得，對不對？」媽媽抬起頭，鼓勵著席洛：「現在，我需要你的幫忙。去吧！去把海豹抓回來，我相信你一定做得到！」

「我？可是海水這麼冰，我一下水，一定會立刻凍成冰塊，而且我笨手笨腳的老是幫倒忙，上次，不就是因為我的噴嚏，才把海豹嚇跑的。這次，萬一……」席洛的聲音中充滿了擔心與不安。

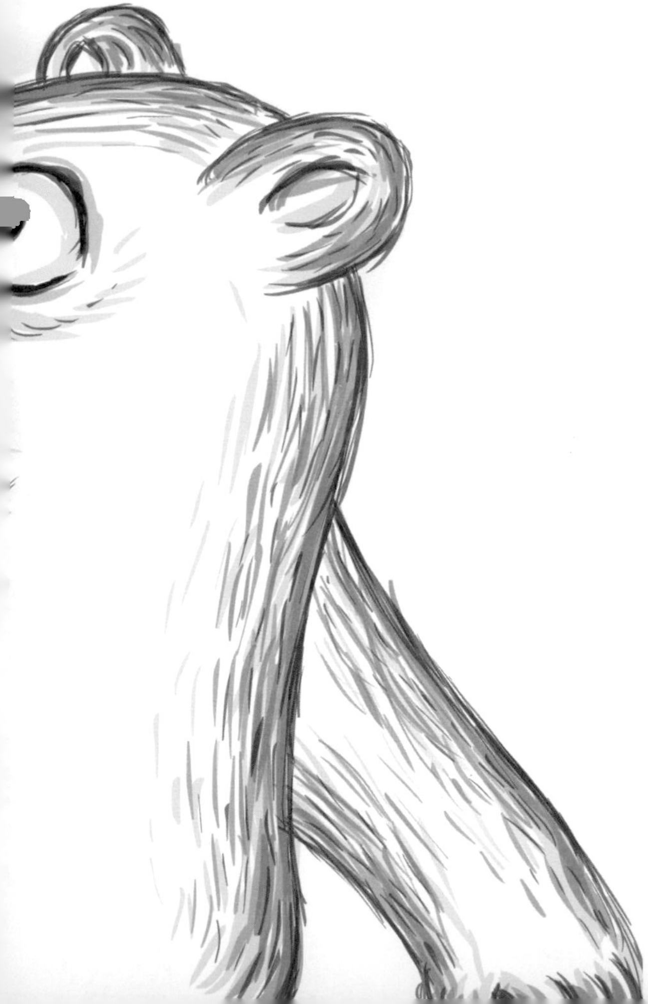

「哪來那麼多的可是和萬一，」不等席洛說完，姊姊便拉著他往前走。「席洛，你聽我說，媽媽現在的狀況很需要補充營養，所以，我們一定要各抓一隻海豹回來。這次的任務，只許成功，不許失敗，知道嗎？」

「只許成功，不許失敗！」席洛在心中反覆的默念這句話。

席洛和姊姊悄悄的走近了海邊。姊姊只回頭看了席洛一眼，便自顧自的向前游去。

席洛跟著向前踏出了一步，但腳掌才剛碰觸到海水，便被一陣刺骨的冰冷嚇得縮回了腳，往後退了兩步。

「只許成功，不許失敗！」席洛的心中又響起了這句話，他深吸了一口氣，悄無聲息的潛到水中。

浩瀚的北極洋海面上，只有幾塊隨著海潮流動的浮

冰和浮冰上優閒的海豹。席洛呢？怎麼完全看不到他的影子？難道他臨陣脫逃了，還是游著游著迷失了方向？

「嘩！」一陣巨大的響聲劃破了寧靜，一塊浮冰竟然翻了過去，是席洛！聰明的他竟然想出了以浮冰做掩護的方法。他躲在浮冰下，慢慢的靠近海豹。接著，他像一道白色的閃電竄出了海面，大手一揮，便緊緊的捉住了一頭海豹。

席洛很想大喊：「成功了，我成功了！」他恨不得和全世界分享這份喜悅，但是他知道，現在最重要的不是歡呼，而是快快飛奔回媽媽的身邊。看著媽媽大口大口的吃著，席洛心中有種前所未有的奇妙感覺。席洛不知道該

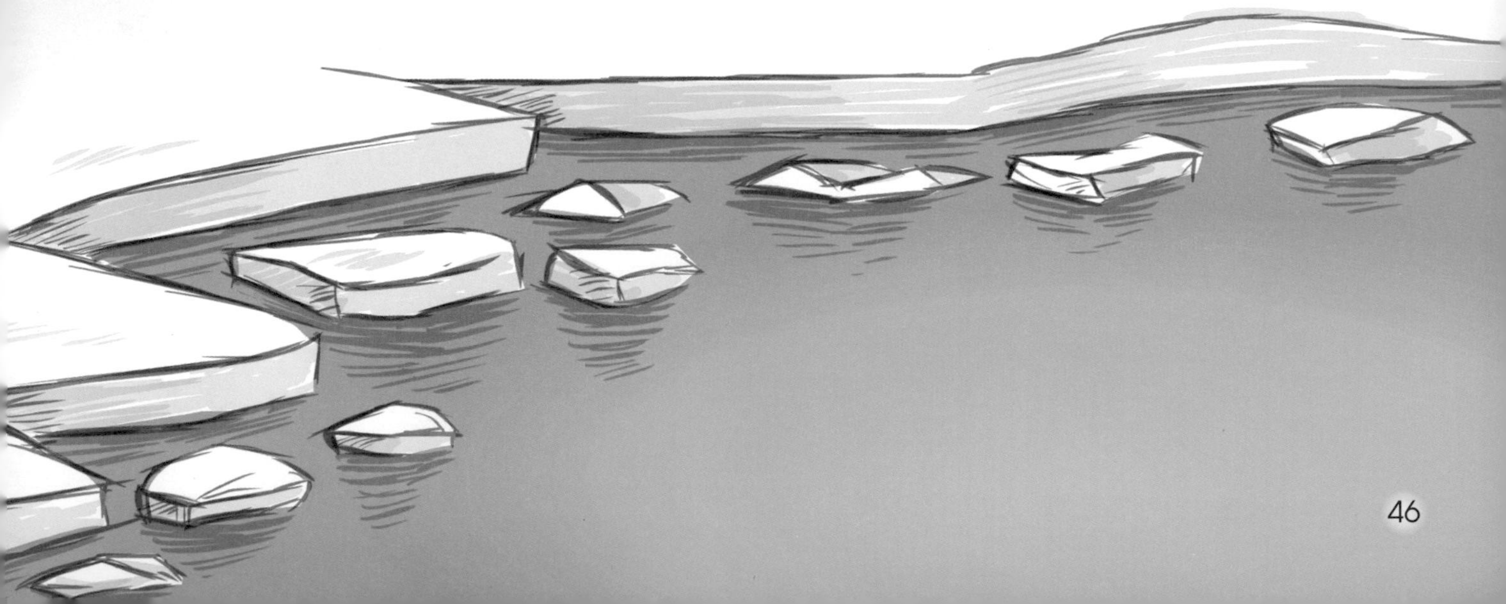

怎麼形容這種感覺，他只是開心的笑著。

前方又出現了一個小黑點，那是姊姊，「席洛，你長大了！你果然成功的抓回了海豹！」姊姊放下手上的海豹，對著席洛豎起了大拇指。

日子一天又一天的過去了，每天為了填飽肚子，應付龐大的食量，生活中除了覓食，還是覓食。現在的席洛和姊姊已經不再是以前的小不點了。他們的身體變得十分壯碩，並且在媽媽的調教下，學會了抓海豹的好本領。

說再見的日子終於來臨了。

這一天，媽媽帶著席洛和姊姊走上那片充滿童年回憶的斜坡，「孩子，和所有的北極熊一樣，兩歲半就是你們該自力更生的時候了。去吧，這片白色的大地上，有許多有趣的事情等待你們去探索。或許，

在這過程中，會有各種困難阻擋在你們的面前，但是你們一定要記得，任何時候，都要相信自己，相信自己擁有足夠的勇氣和能力，克服所有的險阻和挑戰！」

「相信自己！」每到一處陌生的地方，席洛總是喜歡找個高高的斜坡，遙望遠方，即使已經記不清楚自己到底獨自漂泊了多久，但是媽媽的「相信自己」始終在他的耳邊繚繞。

北極的寒風吹動著席洛雪白的毛，這中空的毛有保溫的效果，所以席洛從來不曾擔心嚴寒的氣候，甚至他還深深的希望，這北極能變得更冷一些，好讓他這龐大的身體能更自由的在浮冰上行走，更輕鬆的在浮冰上獵捕海豹。

自從告別了媽媽和姊姊後，席洛就再也沒有見過她們，偶爾想起她們時，席洛也只能在心中默默的祝福她們。

前方出現了三個小黑點，「真難得！在這荒涼的白色大地上，竟然會遇到其他的北極熊，而且還是一大兩小。等一下，那是……」席洛聞到了一股似曾相識的味道。

席洛往反方向跑去。「啪！」伴隨著一聲巨大的響聲後，一個藏在地面下的海豹洞被席洛的大手打坍了！席洛熟練的抓起海豹，轉身快跑，將海豹送到了那一大兩小的北極熊面前。

「哇！是海豹大餐！」兩頭小北極熊迫不及待的吃著，而一旁的北極熊媽媽卻抬起頭望向站在斜坡上的席洛。「是席洛，這麼久沒見，他長得更大了！」媽媽思念而深感驕傲的聲音，在北極的風中迴盪著……

作者的話

我們都需要勇敢與相信

汪淑玲

認識我的人，大概很難想像學生時代的我有多麼的驕縱，特別是對疼愛我的父母，以至於當自己做了媽媽之後，耳邊總是迴盪著「養兒方知父母恩」這句話。更後來，當孩子慢慢長大了，開始要學著獨立、單飛時，腦海中總是浮現出許多年前媽媽在月台

上，微笑著揮手，看著十六歲的我北上念大學的神情。

我是以這樣的心情，寫下這本《席洛一定做得到》。

科學家說生長在北極的北極熊是陸地上最龐大的肉食性動物，不過這個「最」對我來說沒有太大意義，真正吸引我的是牠們能在惡劣的環境下生存。是啊！在這個地球上，還有哪裡的生存條件比冰封的北極更惡劣？也因此，據說北極熊在十至十八個月大時就開始學習求生存！天呀，十八個月大時，我在做什麼？

震撼我的，還不只是這些，而是「年滿兩歲半後，小北極熊就必須離開媽媽自食其力。」的這一段描述。想到北極熊風裡來，雪裡去，輾轉於浮冰和陸地之間的畫面，心裡就不免想著：「如果我是北極熊媽媽，那該是多麼的不捨！」

話說回來，再怎麼不捨，人類的小孩終究也要走出原

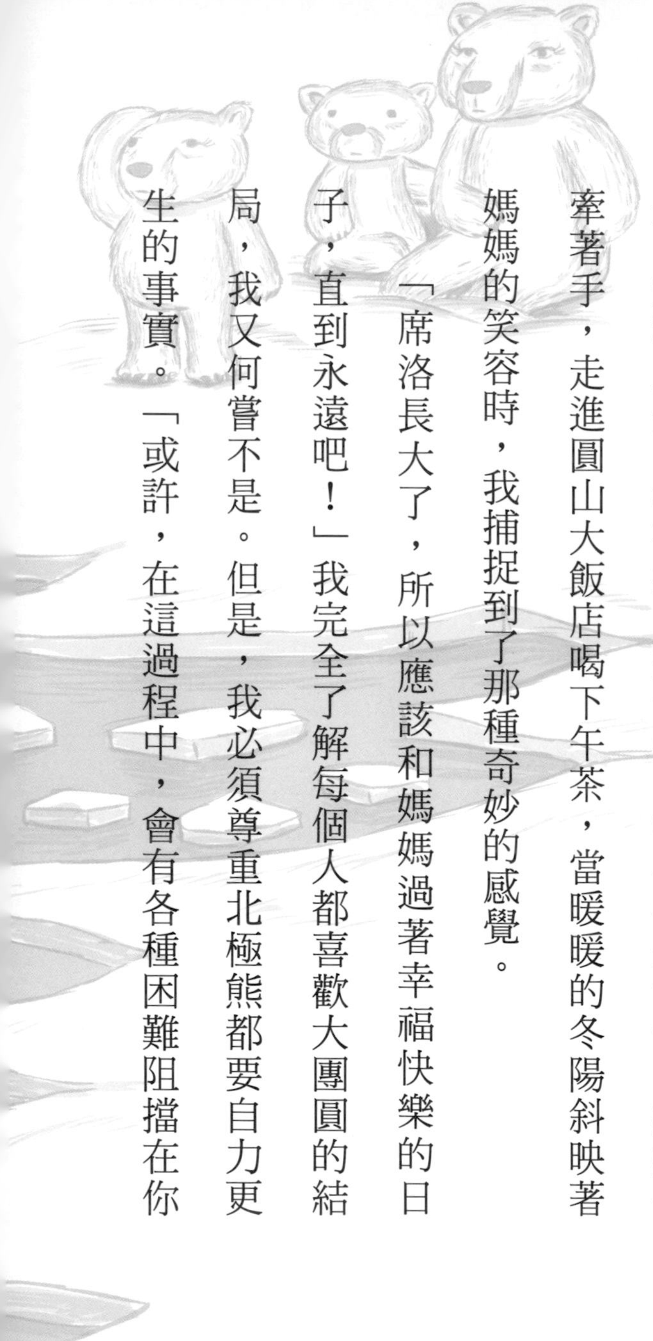

生家庭的保護傘，勇敢的走向自己的人生之路。在這條路上，或有荊棘，或有風雨，但都要勇敢面對，並相信自己有能力解決。

因此，我在故事中，參考了北極熊的生態，安排小北極熊席洛幫倒忙的成長挫折，也鋪陳席洛在緊急狀況下，隨機應變的成功。故事中，當席洛帶著食物飛奔回媽媽的身邊，看著媽媽大口大口的吃著時，心中有種奇妙的感覺。那種感覺，我有過。那一年，我與年近六十的媽媽手牽著手，走進圓山大飯店喝下午茶，當暖暖的冬陽斜映著媽媽的笑容時，我捕捉到了那種奇妙的感覺。

「席洛長大了，所以應該和媽媽過著幸福快樂的日子，直到永遠吧！」我完全了解每個人都喜歡大團圓的結局，我又何嘗不是。但是，我必須尊重北極熊都要自力更生的事實。「或許，在這過程中，會有各種困難阻擋在你們的面前，但是你們一定要記得，任何時候，都要相信自己，相信自己擁有足夠的勇氣和能力，克服所有的險阻和挑戰！」這是故事中的北極熊媽媽鼓勵席洛的話，或許，也是每位人類媽媽想告訴孩子的話吧！

有藍天就去飛，有夢就去追！在圓夢的旅程中，父母需要勇敢的放手，並相信孩子有能力做得到；孩子需要勇敢的追尋，並相信自己有能力做得到！

聯合推薦

一本能讓孩子得到啟發的好書

（新北市私立育才雙語小學校長）

在三十年的教育崗位上，我始終堅持「用愛賞識、用情互勉、用榜樣帶領」的教育理念。本書的主人翁「席洛」便是在親情的鼓勵與親人的榜樣帶領下，培養出勇敢面對困難、進而解決困難的能力。一本好書能讓人享受閱讀的樂趣，也具有潛移默化的力量，相信孩子們在閱讀本書後，將能夠得到啟發。

親子共讀，體會故事的訊息

（新北市私立及人小學教務主任）

少子化時代來臨，在父母家人呵護中成長的孩子，看似幸福無比，但也易養成過度依賴的習性，更甚者無法面對挫折，不能承擔責任。本書極適合親子共讀，因為作者藉由故事傳遞的訊息，正是現代父母教養子女極為重要的環節。

學習為別人著想，並勇敢面對挑戰

（新北市私立北大幼兒園園長）

在本書中，淑玲老師巧妙地將自然生態的主題與品格、倫理教育的意涵結合在一起，使孩子閱讀時一方面為有趣的動物行為著迷，同時因著對故事主角產生認同感，進而學習為別人著想以及勇敢地面對挑戰的生活態度。

既溫柔也堅持，一如故事中的席洛媽媽

陳玉美（布瓜兒童閱讀帶領人讀書會創會會長）

烏黑的頭髮，圓圓的眼；棕紅的眼鏡，皮膚白似雪。

認識淑玲十來年，「獅子座的白雪公主」是我放在心裡的暱稱。

溫柔時超柔軟，正義時超堅持，就如席洛媽媽對他跟姊姊的教導跟照顧。

這是一本帶著她特殊風格的作品，真讓人期待呀！

細細品味故事裡的溫暖

劉敬（敬業文教帽子劇團團長）

童書，是跟淑玲相遇的契機；喝咖啡，則是見面的通關密語。聊著，總是一段逗趣、一段幽默、一段歡笑……

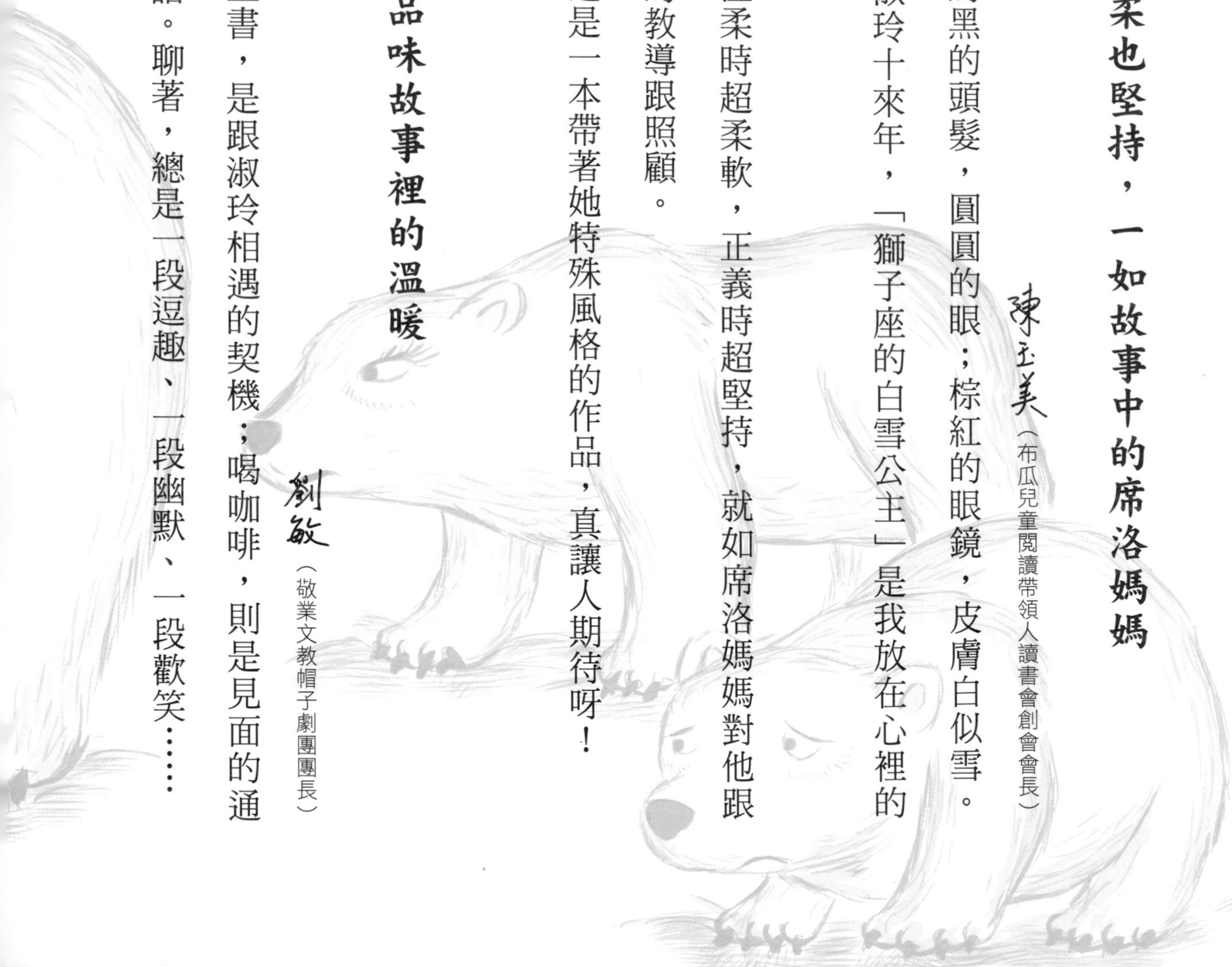

淑玲，就是這樣！

不做作，文筆流暢，渾然天成。逗趣、幽默、歡笑當中隱藏著一顆童稚的心，暖暖地流洩在她的故事裡，值得細細品味。

冀望女兒，成為席洛！

黃誠（入圍金鐘獎名編劇）

父親過世快三十年，我至今沒忘記過他喚我的聲音，尤其在我沮喪失意的時候；自己當爸爸十年了，我從未輕忽叫喚女兒時的口吻，特別是她需要鼓勵的時候。

希望自己會是父親眼中的席洛，永遠記著他啟發我的那股自信心，也冀望女兒，成為席洛！

國家圖書館出版品預行編目資料

席洛一定做得到／汪淑玲文；CT圖. --初版 .
--台北市：幼獅，2013.01
面； 公分. --（故事館；1）

ISBN 978-957-574-893-7（平裝）

859.6 101024925

·故事館·1·

席洛一定做得到

作　　者＝汪淑玲
繪　　圖＝CT
出 版 者＝幼獅文化事業股份有限公司
發 行 人＝李鍾桂
總 經 理＝廖翰聲
總 編 輯＝劉淑華
主　　編＝林泊瑜
編　　輯＝周雅娣
美術編輯＝李祥銘
總 公 司＝10045台北市重慶南路1段66-1號3樓
電　　話＝(02)2311-2832
傳　　真＝(02)2311-5368
郵政劃撥＝00033368

門市
·松江展示中心：10422台北市松江路219號
電話：(02)2502-5858轉734　傳真：(02)2503-6601
·苗栗育達店：36143苗栗縣造橋鄉談文村學府路168號（育達商業科技大學內）
電話：(037)652-191　傳真：(037)652-251

印　刷＝嘉伸印刷股份有限公司
定　價＝160元
港　幣＝53元
初　版＝2013.01
書　號＝984158

幼獅樂讀網
http://www.youth.com.tw
e-mail:customer@youth.com.tw

行政院新聞局核准登記證局版台業字第0143號